CAMBIARÍAS ALGO?

Por

Salomé Vilariño

Cover by Pablín Dibujín.
www.pablindibujin.com

First Printing: 2020
ISBN 978-84-09-25061-5

www.salomevilarino.com

Todos os nosos soños pódense facerse realidade se temos a coraxe de perseguilos.

Walt Disney

CAMBIARÍAS ALGO?

PREFACIO

Cantas oportunidades bríndanos a vida? Cantas desperdiciamos? Non é ata caer no máis fondo dos abismos cando reparamos nelas, contámolas e unha forza alimentada polos nosos fracasos golpéanos furiosa na boca do estómago. E grítanos Necios!

Pero ás veces, a necidade é tan maiúscula que ata a mesma morte sente clemencia e ofrécenos outra oportunidade, outras oportunidades! As oportunidades de cambiar un aspecto do noso pasado. Preséntasenos así, de súpeto e sen tempo de meditación, a maior decisión da nosa vida.

PARTE I

A xeada airexa era absorbida por una das centos de calellas da escura cidade de Létum, do mesmo xeito que o facían as ratas, as cascudas e os individuos detestables. Entre eles, un home e unha muller que excedían os trinta años. O abrigo que ela levaba colgaba da percha do seu pescozo aparentemente oco e, entre as engurras verticais, distinguíase un prego delgado e horizontal que se perdía no espantallo que a acompañaba. Parecían sacados da mente de Tim Burtom nun día vago.

Ao pasar a liña cara a penumbra maior da calella, ambos sentaron amparados da airexa tras un contedor de lixo tan oco como eles.

— Prepáraa. — Dixo ela, apoiouse no ombreiro do seu acompañante, moveu levemente o nariz y pechou os ollos — Cheira a tomateira.

— Quérela de verdade, remangouse? Aínda no te picaches e a túa cabeza xa se foi. Aquí cheira a moitas cousas, pero a tomateira… — El riu sen mirala. Sacara da súa cazadora un pequeno paquete, aluminio, unha culler e seguía a buscar nos petos — Cando cheiraches ti unha tomateira?

— Na casa da miña avoa, cando era nena. — A

expresión da muller, Pieris, suavizouse, a súa voz tamén. Falaba tan amodo que entrecortábase — Unha tomateira desprende un cheiro tan forte que se pode ulir a metros de distancia… E se a rozas, o cheiro imprégnase na pel e a roupa… Coma a colonia barata.

— Das que non se van cun lavado? — A busca nos petos da cazadora concluíra con éxito e agora preparaba un xute a duras penas, tremíanlle as mans.

Ela asentiu cun leve movemento de cabeza e engadiu.

— Si, pero cun perfume agradable. — O fume do preparado narcótico alcanzouna e, a pesar de abrir os ollos e miralo con desexo, a súa expresión cara iso era de total repulsa. Mantivo a mirada fixa, mesmo cando o seu compañeiro picouse. — E o sabor… Nin punto de comparación cos tomates do supermercado. — Sorriu pillabana — A miña avoa berrábame por comelos cando aínda non maduraran.

— A metade. — El pasoulle a xiringa e ela re-mangouse — O resto é para despois.

— Preparáchelo todo?

— Os tentos das mans non me deixou racionalo. — O home habíase licuado. A mandíbula colgáballe en sintonía coas súas pálpebras e as palabras soaban case indescifrables.

— Ata o meu primeiro xute na parte traseira do supermercado, onde traballaba de caixeira ao deixar a carreira de Enxeñería agrónoma…

— Esquecérame que eras unha moza de ben. — O home burlouse dela — Se non fora por ese xute agora serías unha muller importante, casada, con dous fillos, ou tres!

Pieris entendía cada palabra do home sen dificultade,

estaba máis que adestrada en descifrar a súa sedada vocalización.

— Importante non sei, si que é probable que me casase, naquela época estaba cun tipo co que ía bastante en serio. Pero o dos fillos... Asegúroche que non. — Estremeceuse e fixo un xesto case de noxo — Volvendo ao tema: Ata os vinte e tres anos, chanceaba coa idea de viaxar a un lugar afastado de toda esta merda... Facerme cun pequeno terreo, ter unha casiña humilde e plantar tomateiras. As suficientes para encher unha despensa con reservas ata a seguinte colleita.

— E ese lugar tiña nome?

— África. — Ela mesma riu do absurdas que soaban as súas palabras — Que tolemia, verdade? Co calor que fai alá…

— O calor é calor, prefíroo a... — O home entrou en si mesmo.

— Tes razón, calquera cousa é mellor que esta trampa. — A pesar da advertencia que o seu compañeiro fixéralle minutos antes, a muller baleirou la xiringa — Trampa cunha una única saída.

Ela pechou os ollos.

O contedor oco licuouse ata converterse en pluma do edificio onde ela apoiábase, e este se sacudiuse transformando cada fiestra en máis plumas. Era un á! Un á que se despregou ao unísono co edificio lindeiro, o cal tampouco era xa edificio. Máis aló non había nada e, á vez, continuaba sendo a escura cidade de Létum, coa súa airexa, as súas cascudas e as súas ratas, incluídos ámbolos dous edificios e o contedor. Nada había de lóxica, era coma nun soño.

As ás uníronse polas omoplatas e, dese punto de

unión, xurdiu unha silueta que non rematou de definirse. Un baleiro de brétema e luz. Soou un miar longo e o cheiro a tomateira intensificouse. A silueta alífera minguou segundo descendía para tomar terra e diante da muller, quen xacía coa xiringa aínda fincada no brazo, bisbou:

— Pieris Brassi-Cae, entrégaste voluntariamente a min. — Houbo unha pausa e o asubío tornou nun berro tan agudo que a muller tivo que taparse los oídos — Criatura lamentable! Para que querería eu unha alma en tal estado? Mágoa é o único que me dás! — Ela chorou e o ser volveu ao murmuro — Tentaralo de novo. Pensa e escolle, cambiarías algo da túa vida que provoque un cambio no teu destino?

— O primeiro xute, non o faría.

— Sexa...

Unha das plumas daquel ser abriuse como fiestra que era e a muller foi absorbida por ela.

PARTE II

Pieris viuse de súpeto sentada na caixa daquel supermercado onde probara o seu primeiro xute. Estaba a pasar polo lector de códigos de barras un chisqueiro, tres latas de conservas, papel de aluminio e unha botella de whisky. Aí detívose. No dedo anular da man que agarraba a botella levaba unha alianza. Sen darlle importancia, alzou a cabeza e díxolle ao cliente:

— Preciso ver a súa documentación.

— Á vista está que teño idade para mercar alcol. — O cliente mirou cara o garda de seguridade da porta do supermercado, este non lle quitaba ollo. Rosmou — De acordo… — Meteu a man no peto da cazadora, a cal caíalle dos ombreiros tan bamba que lle daba un aspecto de espantallo. Sacou un carné caducado e ensinoullo á caixeira con pulso temeroso. Á vez, achegouse para ler a chapa de identidade que ela levaba colgada na súa camisa — Todo correcto, señorita Brassi-Cae?

— Señora identificación. — Corrixiu ela ensinando a alianza no dedo anular da súa man dereita — A identificación non está actualizada. Son dezanove con seis.

O home pagou en man, recolleu a súa compra e, sen

máis, foise; e sen máis a caixeira pechou a caixa con chave, colleu unha friameira con tomates vermellos estampados e saíu risoña do supermercado.

Era o serán e a única ameaza para o sol estaba lonxe. Máis aló dos altos edificios de Létum formábase unha treboada. Pero agora, a luz solar avermellada e esmagadora aniquilaba toda sombra. A muller, Pieris Jarjacha, cuxo apelido de solteira era Brassi-Cae, sentou nun banco xunto a un home vestido cun traxe de, aproximadamente, a súa mesma idade. El tamén levaba unha alianza na súa man dereita e no seu colo apoiaba una friameira idéntica á dela, excepto por un detalle. Os tomates estampados eran verdes.

— Que tal no traballo, meu ben? — Ela achegou a súa man á do home con agarimo, pero, antes de alcanzara, el precisouna para abrir a súa friameira. Iso aflixiuna. — Atraseime, un cliente de última hora.

— Xa, vino saír. — O home comezou a xantar apresuradamente — Desde o meu despacho non se ve ese tipo de xente, está na novena planta. — Tragou o bocado coa axuda dun pouco de auga e meteu outro na boca — Levas traballando neste miserable supermercado desde cando? Os vinte e dous años?

— Vinte e tres. E non é miserable, é un supermercado de barrio.

— O que ti digas. — Tragou con dificultade e meteu outro anaco na boca — Xa que non che entusiasma a idea de ter fillos, por que…?

— Non empeces con iso outra vez, por favor. — Pieris apertou con forza a friameira.

— Non empezo. O que quero saber é, por que non aspiras a máis profesionalmente?

— E por que ía a querer aspirar a máis? — Apertou máis a friameira — É un traballo tranquilo, honrado e páganme puntualmente.

— Vendes licor a alcohólicos e nunca saes á túa hora.

— E ti traballas para unha empresa de móbiles que merca a materia prima ás guerrillas do Congo. — A friameira renxeu.

— xa che dixen que iso é un rumor infundado!

— Ademais, o último cliente non era alcohólico.

— Entón sería un drogadicto… — O home mirou o reloxo e pechou a súa friameira — O único que digo é que poderías rematar a carreira universitaria. Facerte unha muller de proveito.

— Que queres dicir cunha muller de proveito? — O estampado da friameira saltou á cara da muller.

— Continuaremos a conversa á noite, ou mellor mañá, hoxe sairei tarde. — Púxose en pé, agarimouna coma a unha cadeliña e, antes de partir, xustificouse dicindo — Hei de volver ao traballo. Teño que preparar a reunión coa directora de marketing.

— Para limpar a imaxe da empresa?!

El ignorouna e ela baixou a cabeza. Pieris ficou soa no banco, cegando a vista co brillo da súa alianza ao sol, sostendo a súa friameira de tomates vermellos sen abrir, inmóbil durante a media hora que durou a súa pausa para xantar.

Os edificios de Létum definiron a súa solidez coas longas sombras do solpor, todas apuntaban cara a treboada xa próxima. Pieris pechou a caixa rexistradora, despediuse do garda de seguridade do supermercado e avanzou rúa abaixo.

— En punto. — Rumoreou ollando o reloxo do seu pulso e sorrindo con certa maldade. Detívose brevemente e volveu sobre os seus pasos — Agarda! — Berroulle ao garda de seguridade, e, esquivando o enreixado, colleu do supermercado unha botella de viño e dúas latas de caviar — Mañá repóñoo na caixa. Quero sorprender ao meu home no seu traballo. — Xustificouse risoña.

O garda de seguridade asentiu e rematou de baixar o enreixado.

O camiño cara o edificio de oficinas onde traballaba o esposo de Pieris non foi máis que un paseo de cinco minutos. A treboada estaba encima y lapeaba xorda, iluminando intermitentemente a rúa cuxo alumeado público sucumbira xa a ela.

Pieris chegou ao seu destino antes de ser alcanzada polas primeiras pingas de choiva. Era o típico recibidor dunha empresa moderna de electrónica e telefonía móbil, de paredes brancas, expositores brancos, carteis publicitarios con modelos brancos e dentes perla. A luz branca, de excesiva potencia, evidenciaba as impurezas dos visitantes a ese recibidor impoluto. Pieris cruzouno con postura esmagada e pulsou o botón do elevador.

— Non llo aconsello, Señora Jarjacha. — Díxolle o conserxe do edificio e sinalou a rúa — A treboada.

Facendo caso ao conserxe, Pieris subiu polas escaleiras. Alí a iluminación foi máis considerada.

— Novena planta. — Suspirou — Alcanzar un cargo importante é unha carreira por alcanzar o despacho máis elevado? E aquel que ten vertixe? — Unha lata de caviar rodou escaleiras abaixo. Pieris correu a recollela e renovou a subida agarrada ao pasamáns — Ai, meu ben! Resisto porque o es todo para min. — Dramatizou pillabana, mais tamén, con certa sinceridade — Pero máis che vale que teñas en conta este esforzo á hora de facer as paces.

Chegado á novena planta, avanzou por un longo corredor. Cada metro e medio había un despacho coa porta aberta e a luz apagada. Pieris pasou unha decena delas por cada lado. Alcanzou a derradeira porta aberta. Alí a luz estaba acesa e o servizo de limpeza traballaba tan absorto que non a oíu saudar, ni tan sequera decatouse da súa presenza. Ela seguiu avanzando, agora entre portas pechadas. Alcanzou unha galería e xirou á esquerda. Alí detívose, diante da placa dunha porta pechada na cal líase "Sr. Jarjacha, xerente de contabilidade". Lembrándose da súa chapa de identidade do supermercado, desabrochouna da camisa e gardouna nun peto. A continuación, acicalouse o pelo, beliscouse as fazulas e, ilusionada, virou o mango da porta. Pero esta quedou entoada. Polo oco fuxían xemidos e o son dun escritorio rascando o chan, ao compás da luz de lume que entraba pola galería ás costas de Pieris. O vermello das súas fazulas desvaneceuse, a humidade tremeu nos seus ollos. Abriu a porta un pouco máis e confirmou a evidencia.

Como unha drogadicta en pleno mono, Pieris fuxiu polo corredor. Agarraba con forza as latas de caviar e a botella de viño. Correu escaleiras abaixo, percorreu as rúas. A choiva confundíase co seu pranto, os tronos cos seus xemidos. A treboada xa non era xorda. Chegou á súa casa, unha típica e idílica construción dos anos vinte, cun caixa de correos xunto á cancela que precedía ao xardín dianteiro, cuxo céspede era uniforme e verde esmeralda.

Pieris entrou na casa e a súa actitude tornou, freou, arrefriouse. Non lle importou deixar a porta da rúa aberta, tampouco empapar o chan. Ela, case sen expresión e ás escuras, abriu a botella de viño, preparou tostadas co caviar e, sen quitar a roupa mollada, meteuse na bañeira.

Bebeu e comeu en silencio, ollando o vaivén do viño na botella; ollando o nivel do viño na botella; ollando os azulexos na parede a través do vidro da botella; ollando os lóstregos a través da fiestra, á súa vez, a través do vidro da botella; ollando a billa a través do vidro da botella… Abriu a billa, a bañeira comezou a encherse e a súa roupa a flotar.

— Novena planta. — Dixo — Canto maior é o cargo, máis elevado está o despacho. E aquel que ten vertixe, non é alguén de proveito, tampouco se merece respecto! — Baleirou a botella dun grolo longo. Cando a apartou dos seus beizos, a súa faciana mudara, a rabia transformáraa — A caixeira dun supermercado traballa na planta baixa. — Crebou a botella contra a bañeira e cortouse as veas — Ule a tomateira…

O seu corpo flotou en augas vermellas.

A bañeira licuouse ata converterse en pluma da parede á que estaba unida, e esta sacudiuse transformando cada azulexo en máis plumas. Era un á! Un á que se despregou ao unísono coa parede da fiestra, a cal tampouco era xa parede. O cuarto de baño non era nada e, á vez, continuaba sendo o escuro cuarto de baño daquela idílica casa dos anos vinte, cos seus azulexos e bañeira, incluídos tamén a cancela e o céspede uniforme e correcto do exterior. Outra vez, nada había de lóxica, coma nun soño.

As ás uníronse polas omoplatas e, dese punto de unión, xurdiu unha silueta que non rematou de definirse. Un baleiro de brétema e luz. Soou un miar longo e o cheiro a tomateira intensificouse. A silueta alífera era de tamaño ordinario e, diante de Pieris, quen xacía cos pulsos abertos, bisbou:

— Pieris voluntariamente Cae, volves entregarte voluntariamente a min. — Houbo unha pausa e o rumor tornou en berro tan agudo, que Pieris tivo que taparse os oídos — Continúas sendo unha criatura de alma lamentable! Para que a querería eu? Outra vez, mágoa é o que me dás! — Ela asentiu queixosa e o ser volveu ao rumor — Tentaralo de novo. Pensa e escolle ben, cambiarías algo?

— Terminaría a carreira universitaria.

— Sexa…

Unha das plumas daquel ser abriuse como fiestra entre azulexos que era e Pieris foi absorbida por ela.

PARTE III

Létum víase moi diferente desde las alturas. Desde azotea do edificio de Agrolife S.A. as vistas eran abraiantes. Era, sen dúbida, o mellor lugar da cidade para despedir o día. O azul azafata empurraba ao sol cara o solpor e o astro, confiado, reflectíase nas fiestras dos edificios lindeiros. Os escintileos resultantes caían sobre os transeúntes abrasándoos, ou quizais advertíndoos. Pero, acerca de que? Quen sabe. Eles soamente eran cascudas que evocaban recordos pasados, recordos doutras vidas aínda moi presentes para aqueles ollos que os ollaban.

— Tes un cigarro? — Un mozo sen apenas marcas de expresión achegouse á cornixa desde a cal Pieris asomábase ao abismo.

— Cría que a mocidade de agora non fumaba. — Ela virouse e ofreceulle un paquete de tabaco case oco. O fume dunha calada saíu polo seu nariz lixeiro e sedoso como un tule — Non é nada *cool*. — Engadiu pillabana.

— Agora para ser *cool* hai que ser o oposto a *cool*. Por tanto, son *cool*. — Chanceou o mozo e colleu un cigarro do paquete — Máis ben non, aínda non, tes lume?

— No paquete. — Contestou Pieris sinalándoa cun

sinxelo ademán.

— Pero ser *cool* non me interesa. — Acendeu o cigarro e o fume saíu pola súa boca ao instante, espeso e formando recalcadas ondas — Eu quero ser *top*.

— *Top*? — Pieris riu — Ninguén é perfecto, neno.

— Iso xa o sei. Refírome a que quero ser coma ti, o mellor no noso. — El deulle outra calada ao cigarro e mantivo a boca pechada.

— Se eu fose a mellor, sería a xefa de I+D. Tería un despacho nas alturas e non un ridículo oco no invernadoiro da planta baixa. — Pieris agriculturagolpeou ao mozo nas costas e el comezou a tusir — Dime dunha vez, que queres?

— Teño… — Tusiu de novo — Teño un problema coas tomateiras, — Máis tose — non logro que dean un froito en condicións. Ou quedan pequenos ou non maduran. Probeino todo e o único que funciona é o fertilizante da competencia. Que por certo, no vexas como cheira a xofre.

— Asignáronche o mesmo proxecto que a min? Por que?

— Non o sei. — O mozo decatouse de que aínda tiña o paquete de tabaco nas mans e devolveulla — Pasei pola túa sección e as túas tomateiras están perfectas. Axúdame, por favor.

— De acordo. — Pieris recolleu o paquete — As tomateiras son sinxelas, pero precisan dun coidado constante. — Meditou un intre — Polo que contas, deduzo que as túas plantas necesitan calcio e, o máis importante, eliminar as polas estériles para que non consuman a clorofila.

— E como as diferencio?

O teléfono de Pieris vibrou. Unha rápida ollada e apagou o seu cigarro con présa.

— Mañá explícocho, o xefe de xestión de agricultura sostible quere verme antes de irse.

— Na onceava planta?

Ela asentiu, estaba nerviosa e á vez emocionada. Mais aínda así non esqueceu un detalle:

— Neno! Non esquezas desfacerte da tomateira na que usaches o fertilizante da competencia ou che despedirán.

Devandito isto, avanzou apresuradamente cara a porta que conducía ao interior do edificio e abandonou a azotea. Usou as escaleiras de servizo. Apenas baixou dúas plantas.

— Case na cúspide…

Falou para si e detívose diante da mesa dun secretario que alternaba a súa atención entre os vídeos ridículos que se reproducían na pantalla do computador e as redes sociais no seu quente teléfono móbil, cuxas constantes alertas de notificación evocaban a un atasco de domingo a última hora da tarde.

— O director de xestión de agricultura sostible quere verme.

— Es a de I+D? — O secretario non apartou a vista dos aparellos.

— Si.

— Pasa, estache a agardar.

Pieris chamou a unha porta en cuxo rótulo dourado estaba escrito con letras negras e sobrias "Dirección de xestión de agricultura sostible".

— Adiante.

Pouca diferenza había entre as vistas de Létum desde a azotea a galería que iluminaban os extremos da mesa do director, a cal era de caoba e, tan impoluta e valeira, que parecía sen estrear. Tras ela, no centro, ergueita e bloqueando case por completo a luz do solpor, había unha silueta redondeada, semellante a uns xigantesca buxaina, e cuxa sombra atropelaba tanto á lombuda muller da limpeza como a Pieris. Ambas parecían intimidadas.

— Que ven os meus ollos! Pieris Brassi Cae de I+D é unha muller. — Dixo o enorme director cunha entoación entre a sorpresa e a broma — Descoñecía que houbese mulleres no departamento de I+D. — Abriu un caixón arquivador. Unha peluxe caeu do seu ombreiro á mesa, mirouna como a un rival e, con arrogancia, sinalouna. Movemento suficiente para activar o trapo da muller da limpeza. Cando a peluxe desapareceu, espantou á muller cun xesto de menosprezo e alzou a cabeza por riba de Pieris, soamente un intre — Xa que estás aquí, coméntocho igual: — A enorme mole volveu a vista ao caixón e buscou entre os arquivos — Como saberás, o Señor Arufe xubílase a finais de mes e o seu posto de supervisor de proxectos quedará vacante. El recomendouche como sucesor, sucesora. Di que es unha muller con actitudes. — Colleu un cartafol de documentos, quitou da lapela unha etiqueta adhesiva, tirouna á papeleira valeira e gardou o cartafol nun maletín de cheirento coiro negro — Un día destes baixarei a confirmalo e tomarei unha decisión. — Pechou o maletín. Ao esquivar a mesa sinalou a papeleira e avanzou cara á porta disposto a irse — Ata entón quero a maior discreción.

A mole cruzou o limiar e foise sen importarlle en absoluto que Pieris continuara de pé diante da mesa.

Ela sorriu ilusionada e despediuse da muller que recollía a etiqueta da papeleira. Ela contestoulle con mágoa.

— Non hai nada mellor para rematar o día que unha boa nova.

Dixo Pieris para si na soidade do elevador. Baixou ata a planta baixa, cruzou unha pasarela e chegou ao departamento de I+D.

O citado departamento era unha asfixiante nave con teito de vidro pola que corría libre a condensación. Era o único que gozaba de dito privilexio. As matas de pementos, xudías, chícharos, uvas e tomates estaban amarradas a estacas; as leitugas a diminutos testos que desafiaban á gravidade e, entre tanta vexetación, os investigadores bulían como formigas a destempo. A hora do fin da xornada xa estaba na súa casa ceada e durmida.

Pieris revisou as súas altas tomateiras, cargadas cada unha con varios acios de tomates vermellos. Todas tiñan unha etiqueta na que se podía ler "Nai" seguido dun número correlativo. Uliuse as mans. A ilusión que desprendía materializouse nun discreto sorriso. Colleu o bolso e púxose un ancho abrigo disposta a marcharse. Pero do único recuncho illado da luz exterior, farto de contedores de miñocas, xoaniñas e outros insectos, o mozo da azotea saíu e pechoulle o paso.

— Tes un intre para explicarme o dos tomates? — Sinalou a súa sección. As súas matas apenas tiñan follas e tres ou catro tomates amarelados colgaban delas curvando o talo — Non quero agardar ata mañá.

— É tarde… — Pieris suspirou, mirou cara as tomateiras o mozo e arrepiouse — Apaga o rego, canta máis humidade, máis axiña absorberá a planta o abono que lle botaches.

— Entón, vasme axudar?

Prieris non contestou, sinxelamente deixou o bolso a un carón e púxose ao choio. Á vez que revisaba las febles tomateiras, explicáballe ao mozo que tipo de substrato usar, que talos cortar, canto e cando regar. El tomaba nota de todo, como un auténtico inexperto en botánica e horticultura. Ao rematar, as matas estaban transplantadas, podadas, amarradas correctamente ás estacas, abonadas adecuadamente e, por suposto, non había rastro de tomates amarelos.

— Fixeches ben en non agardar. — Díxolle ela e recolleu o bolso — Mañá atoparíalas mortas.

— Grazas, de verdade. Vémonos mañá. — O mozo mirou baixo a súa mesa de traballo, agachou co pé un saco de fertilizante amarelo que sobresaía levemente e, a continuación, colleu a única tomateira que tiña sobre a mesa, esta estaba frondosa e chea de diminutas flores amarelas — Agarda! É a tomateira fertilizada co abono da competencia. Ía tirar, pero, se a queres, é túa.

— Ías tirar? — Pieris arrincoulla das mans, a súa faciana asemellou un tomate xigantesco — Ela non ten culpa dos teus erros.

Devandito isto, foise.

Nunha rúa dos suburbios de Létum, fronte a un canelón escuro, no cal se distinguía un contedor oco, estaba o apartamento de Pieris. Este era ben pequeno, ou esa era a impresión que lle daba a cantidade de tomateiras que había por todos os recunchos posíbeis.

— Ola naiciñas, tráiovos unha nova compañeira. — Saudou Pieris á tomateiras nada máis abrir a porta e, sen soltar o bolso nin quitar o abrigo, transplantou a tomateira que traía consigo. Eliminou ata o derradeiro gran de terra das raíces. — Sede boas e deixarlle espazo. Á pobre dopárona con químicos. — Buscoulle lugar xunto a unha fiestra e faloulle así — Ti non te preocupes, unha tempada de desintoxicación e como nova. Nin rastro, nin cheiro algún a xofre. — Lavoulle as follas unha a unha — Canto sufriches, naiciña! Humilláronche tentando facer de ti algo que non es para logo tirarte como a un xoguete roto. Que coraxe ao pensar que eu axudei a iso! — Pousou ao fin o bolso e deixouse caer no sofá. Sen quitarlle ollo á nova adquisición, continuou — Preguntaraste por que che chamo nai. No hai moito que explicar, serei rápida. Nacedes para producir tomates e logo moredes. É unha existencia realmente miserable, vivir para outros... Por iso miro tanto por vós, merecedes recibir a lo menos algo do que dades. — Perdeu a mirada no teito — Non é que non me gusten os nenos, tampouco é un modo de compensar non telos, non os quero! — Baixou a cabeza avergoñada, coma se, desde o alto, alguén a xulgase — Ao morrer a miña avoa, dinme conta de que endexamais lle agradecín todo o que fixo por min. Ninguén que coñeza fíxoo xamais por ninguén, nin aos seus pais, nin aos seus irmáns maiores... A ninguén! — Púxose en pé e volveu ao carón da tomateira — "Iso sábese". Argumentarasme, naiciña. Pero non me discutirás que ás veces falta fai oílo. Eu non quero ser unha tomateira, por iso dedico a miña vida, quero dicir, esta vida, á miña carreira. Para sentirme realizada. E, sabes que? Pronto recollerei os froitos! — Eufórica saltou de volta ao sofá e tapouse cunha manta — Agora a durmir, mañá teño moito que transplantar. A lúa está a minguar.

Coas mans enterradas na terra pasou Pieris a semana,

a súa vista atravesaba todo canto había entre a súa sección e a pasarela de acceso ao departamento de I+D: persoas, plantas, regos... Absolutamente todo. Se desviaba a mirada, era para aloumiñar ás súas nais numeradas ou supervisar as tomateiras do mozo inexperto, as cales xa lucían verdes e floridas. De igual maneira pasou o fin de semana, soamente cambiou o escenario. E chegou o luns.

A mañá aínda non se quitara o anteface do soño, o sol adormecía na brétema e a lúa estaba tan arroupada que calquera que mirase ao ceo aseguraría a súa inexistencia. Mais si existían os atascos, o xentío tenso, molestos escintileos de teléfonos móbiles de alta gama que superaban en potencia aos farois, golpes nas beirarrúas atropelos, as palabras présa, tarde… E moito, moito frío.

Pieris suspirou aliviada ao entrar no edificio de departamento S.A. e avanzou con calma. Estaba deserto, excedía en dez minutos a hora de entrada dos traballadores, por tanto, era demasiado cedo para a chegada dos executivos. Ou iso creu ela. Pois no departamento de I+D, fronte ás tomateiras do mozo, ambos rindo cruelmente dun mandado que tomaba mostras das matas e da terra onde estaban plantadas, estaba o voluminoso director de xestión de agricultura sostible. Parecían conxeniar, incluso ser semellantes, polo menos no referente á postura altiva que mantiñan a pesar das risas.

— Señorita Pieris semana Cae, empezas ben a semana. — As burlas tornaron de obxectivo. — Espero que esta impuntualidade débase a un contratempo.

— Non é habitual nela. — Defendeuna o mozo — De todos os xeitos, aínda que así fora, mire o perfectas que están as súas tomateiras. Son a envexa de todo I+D.

— Moi perfectas... — O director chiscou os dedos e o

mandado apareceu ao intre diante das nais. Tomou mostras de todas elas. Dirixíndose ao mandado continuou — Cando estarán os resultados?

— Despois de xantar.

— Ben.

E sen darlle nin oportunidade a Pieris de saudar, o groso director cruzou a pasarela de acceso.

Ela apagou a súa coraxe co interruptor dos seus ollos. Un rápido chiscar de ollos. Unha vez tépeda, agradeceu ao mozo a defensa. El asentiu cun sorriso dental e, atraído como mosca á bosta, voou de volta ao seu posto de traballo. Ela fixo o mesmo, pero a súa maneira. Saudou ás nais, acariñou á máis próxima con tenrura e detívose nela. Advertiu que as puntas das follas estaban lixeiramente amareladas.

— Que tes? — Uliuse a man e engurrou o cello — Xofre? Non, imposible, ten que ser outra cousa. — Afundiu o dedo na terra — Está mollada, demasiado mollada. As túas raíces podrecen!

Actuando veloz e, á súa vez, coa contraditoria delicadeza que lle outorgaba a experiencia, transplantou a tomateira. Así correu a mañá e chegou a hora de xantar. Entón a enorme mole regresou ao departamento acompañado por dous individuos de Recursos Humanos. Seguíano como os fieis secuaces dun mafioso. Detivéronse diante do mozo, entregáronlle uns documentos e o groso capo estreitoulle a man. Pero Pieris non o viu, ela revisaba o termóstato que controlaba o rego por goteo das súas tomateiras.

— Aquí está a razón que a punto estivo de acabar convosco, naiciñas. Está avariado. — Revisouno a conciencia — Non, foi manipulado! Pero, por que? Quen querería...?

— Señorita Pieris Brasi Cae, parece nerviosa. — Interrompeu unha voz altiva e maliciosa — Supoño que xa saberá o que vén agora.

Ela alzou a vista. O director estaba a escasos dous pasos dela e mirábaa con cinismo. A un leve xesto deste, o secuaz que aínda o acompañaba deixou u cartafol sobre a mesa.

— A rescisión do contrato, a súa derradeira nómina e o cheque da liquidación.

— Que? Como di?

— Non me diga que se vai facer a sorprendida? — A mole sinalou ás matas — As súas tomateiras delatárona.

O secuaz abriu un cartafol máis e interpretou o informe do laboratorio:

— Atopáronse altas doses de xofre, do…

— Do fertilizante da competencia! — O berro do director provocou tal refacho que os talos das tomateiras cederon — Quero que deixe esta mesa libre hoxe e aconséllolle que non perda o tempo enviando currículos a outras empresas do sector.

— Pero se xamais usei fertilizante industrial nas tomateiras. — Pieris non daba crédito.

— Mulleres... — A expresión do director asemellou unha arcada — Sempre crendo que poden enganar aos homes. Váiase á súa casa e faga o que se espera dunha muller: limpe e cociñe, case e teña fillos.

— Non lle consinto que me fale así! — Ela anoxouse.

— Que non me consente? — A mole arrincou de raíz todas as nais e tirounas ao chan —Así perdereina de vista antes. Ten unha hora para saír do edificio! — O director virouse cara o secuaz e, sen baixar a voz, díxolle — Se nunha hora continúa aquí, chame a seguridade.

Cando o enorme home deixou de abarcar o ángulo de visión, Pieris puido ver ao outro secuaz, estaba xunto ao mozo. Quen, precisamente, deixou de asinar uns documentos para sorrirlle con maldade.

— Non pode ser…

Ela foi cara el e el, á súa vez, cara á pasarela acompañado polo home de Recursos Humanos. Seguiunos ata un elevador e alí, perdeunos.

— Maldita sexa. Se lle salvei as plantas, se lle ensinei o pouco que sabe. — Fixo unha pausa e chimpou rabiosa — Incluída a maneira de facer que me despidan! Botou o fertilizante da competencia nas miñas tomateiras, manipulou o termóstato para que os tomates absorbéseno máis axiña. — Gruñiu — Serei parva! Como non me dei conta ao chegar? — Abríronse as portas do elevador e, atraída como un imán, entrou nel. Este púxose en marcha sen que ela chegase a pulsar algún botón. — Perdino todo, así! De súpeto! Co que me custou chegar ata aquí e, mesmo, arrebatáronme a posibilidade de traballar noutra empresa do sector. — O elevador subiu, subiu... — Que vou facer agora? Volvo ao supermercado? Non, morrín para saír de alí. — Baixou a vista; apertou os morros, os puños e o cello. — É a terceira vez que fracaso. Dediquei esta vida a triunfar laboralmente e tampouco logrei chegar a nada. Prefiro a vida da drogadicción. — O elevador seguía a subir — Sen presión nin medo ao fracaso. Rodeada de fracasados pouco importa. Pero nesta vida, agora que rozaba o éxito... Desgarraríame las fazulas cas unllas! — Abriuse a porta, fronte a Pieris nacían as escaleiras que conducían á azotea. Subiu e accedeu a lla — Non merezo outra oportunidade y tampouco sei se a quero, porque, que é o que quero? — Asomouse á cornixa, a continuación, mirou cara adiante.

Létum desde as alturas non era máis que unha aglomeración de estalagmitas apiñadas e ocas. Unha lomba de térmites xigante que se ramificaba verticalmente, siluetas resumidas pola branca e cegadora luz do serán. Os raios do sol lanzaban a súa ofensiva en resposta aos pararraios que coroaban a soberbia cidade. O astro reinaba magnífico, ignorando que, alcanzada a cume, soamente quedáballe caer.

— Caer... Téntoo de novo o me rindo ante o fracaso? — Pieris subiu á cornixa — Non sei. A vida é un labirinto cuxos sendeiros son de seda, brillan para dar esperanza e, logo, de súpeto rompen. Caemos así no buraco do fracaso e saír del no é doado. Ao que asoma a cabeza saúdao a humillación e, se esta está ausente, a conciencia tira da imaxinación para materializala. — Alzou o pé sobre o baleiro — Saltar é cortar a miña seda, ir de cabeza ao fracaso, sen humillación, pero correndo o risco de non poder saír do baleiro. Xa no dependería de min. — O pé volveu á cornixa e mirou cara á porta de acceso ao interior do edificio — Saír pola porta, baixo a mirada triunfal deste montón de cabróns, é o máis humillante e, á vez, o menor das miñas preocupacións. A miña carreira está acabada… — Sentou e acendeu un cigarro — Fracaso ou humillación e fracaso? A primeira opción sen dúbida. Pero, que cambiaría se salto? — Pieris cavilou en silencio, centrando exclusivamente na mirada no cigarro ata que, tras unha longa calada, rosmou — Son incapaz de saber o que me faría feliz. O que me faría realmente feliz! Ata agora tomei as decisións que cría correctas para seguir adiante, pero nelas non está a miña felicidade. Que seda é a miña? — A chama do cigarro alcanzou el filtro e apestou — Feliz sentíame ao pensar naquela ilusión infantil. Perderme nun lugar afastado e cultivar, tomates en África! — Botouse a rir e, ao ser consciente diso, púxose en pé de novo sobre a cornixa — Que teño que perder?

Un pé asomouse ao precipicio e oscilou. Entón a natura ensinoulle co exemplo: o sol esnafrouse contra o horizonte e o seu sangue tinguiu o ceo. Iso asustouna e perdeu o equilibrio. O paquete de tabaco a piques estivo de caer do seu peto á abismal estrada, mais Pieris estivo áxil de reflexos.

— Por que pouco. — Suspirou e devolveu o paquete ao peto.

Por que lle importaba perder o tabaco? Era absurdo, ou non?

Pieris botou as mans á cabeza.

— Parva, parva, parva! — Saltou da cornixa á azotea — Por que ei de saltar se podo facelo? Teño aforros suficientes. Soamente teño que coller un avión!

De inmediato, Pieris correu escaleiras abaixo ata a planta baixa, cruzou a pasarela, recolleu as súas cousas e, ao irse, topou de fronte co mesmo mozo que lle roubou todo aquilo polo que se esforzou tanto en conseguir. El apartou a mirada, pero ela mirouno de fronte.

— Rapaz, escolle ben a seda onde pisas. Sobre todo agora que non tes quen che quite as castañas do lume. Eu salveime polos pelos. — Ela sorriu — Este é o meu derradeiro consello. Agora vou a poñer en práctica algo que ti me dixeches.

— Que? — O mozo estaba confuso.

— Vou ser *cool.*

Pieris abandonou o edificio de Agrolife S.A.

PARTE IV

As nubes coñecen África. Aquela mañá cubrían o ceo conferíndolle unha tonalidade de gris que degradaba ao branco, ou viceversa, ao gusto de cada un.

O aeroporto de Bukavu, no Congo, apenas estaba asfaltado, pero o chan era chairo. Unha recta que recortaba o vivo verde selvático. A imaxe de África que se anuncia en occidente está afastada ou é un engano intencionado.

Era novembro, outono no hemisferio norte, onde existen catro estacións. Mais alí, fora a estación que fora, as temperaturas eran suaves e, a pesar da alfa humidade, a manga longa agradecíase. O perfume da terra recentemente mollada mesturábase sutilmente con outros máis: O aroma da vexetación, coma se cortasen o céspede a media distancia, chamaba á temperanza; outro ingrediente avivaba o instinto explorador, un vago cheiro animal e, o derradeiro, a pólvora, lanzaba á aventura.

A nova Pieris baixou dun anticuado avión e avanzou seguindo os pasos dos demais pasaxeiros como empurrada por unha airexa fresca. Sorría a súa boca e a súa postura, mesmo parecía crecer. A carteira avultada que levaba ás costas era unha abrandada e lixeira nube de algodón que a levaba polo aire. Ela ollaba cara aló onde lle dicía o seu olfacto. Os ingredientes graduábanse sen cesar.

Chimpando do avión a un ruidoso e deteriorado autobús chegou á vila. Este estirábase ladeira abaixo ata alcanzar a beira dunha inmensa lagoa.

— Que beleza! — Pieris penetrou nun mercado e, dicionario de suahili e francés en man, comezou a preguntar aos transeúntes polo seu sono — *Kununua mashamba? Nataka kununua.*

Pero os transeúntes, os vendedores e mesmo os militares, que eran moitos, mirábana como noutrora os conquistadores miráronnos a eles, e rían ou lle instaban a mercar o que fose que vendían. Era a pailana branca á que mangonear. Era evidente, aínda que a Pieris parecía no importarlle, continuaba leda coma unha nena.

— Chega tarde para o colonialismo, *Baronesa Blixen.* — Díxolle un dos militares.

— Falas o meu idiomá? — Pieris chimpou emocionada. Pero a expresión xarota del, a lombos da súa estatura e incrementada polas botas de cana alta y a arma que levaba no ombreiro, intimidouna. Mais non o suficiente para seguirlle a referencia ao filme de *Lembranzas de África* — Non busco unha plantación de café, soamente un pequeno terreo, suficiente para poder vivir da sementa. Tomates a poder ser...

— Tomates? — O militar votouse a rir.

— Si, tomates. — A tonalidade que adquiriu a faciana de Pieris era unha metáfora evidente, unha representación que cortou de raíz a gargallada del.

—Veña comigo. — O militar agarrouna do brazo e ela recuou desconfiada — Quere mercar unha granxa, non si? — Pieris asentiu — Pois veña comigo. Este non é lugar para negociar.

Ela cedeu. Seguiuno ata un todoterreo albelo militar.

O vehículo tomou rumbo norte e afastouse da vila por unha estrada asfaltada. Bananeiros, figueiras e palmeiras xerminaban a ambas beiras de maneira natural, ou quizais eran físgoas de vellos latifundios occidentais, quen sabe. Todo tiña alí certo caos ordenado.

O asfalto esgotouse a estrada estreitouse e o todoterreo desviouse para, finalmente, deterse nunha chaira asediada pola selva, en cuxo centro resistía unha vella construción. Unha casa de planta baixa, con soportal dianteiro e tellado a dúos augas; a pintura estragada dáballe un aspecto de abandono a ter en conta pero, a primeira ollada, ese era o único defecto. Mais o militar volveu falar:

— Non ten auga corrente nin rede de sumidoiros, a cociña é de leña. Habería que cambiar as teas para os mosquitos e acondicionar o pozo. — Agachouse e colleu un puñado de terra poeira — Fai anos daba boas colleitas. — Ergueuse — Son dez hectáreas de terreo. Suficientes para os seus tomates? — Escapóuselle unha sutil risa.

— É súa?

— Era da miña muller. — Sacou un papel e un lapis do peto, anotou nel e se ensinoullo — Isto é o que pido por ela.

— Paréceme ben. Iremos ao notario?

O militar revirou o papel, escribiu esta vez palabras e entregoullo.

— Vaia a esta dirección pasadomañá á seis. — Subiu ao todoterreo e arrincou o motor. — Atopará unha vella motocicleta no alpendre — Sinalou cara a parte de atrás da casa — Tamén un rifle e munición, faranlle falta.

— Deixará que me quede aquí?

— E que ten algún outro sitio onde pasar a noite, *baronesa*? — E sen agardar resposta, o militar foise.

Pieris pestanexou confundida cara a poeira levantada polo todoterreo e, cando o po dispersouse, encolleuse de ombreiros. Dirixiuse á casa. Unha vez dentro, descubriu que as únicas divisións existentes eran as catro paredes que sostiñan o teito; sofá, bañeira, cociña e cama compartían o po, mais esta última recollíase baixo a, nada útil e íntima, tea para mosquitos que colgaba do teito.

—No ten as comodidades dun apartamento e moito menos dunha casa dos anos vinte, cunha caixa de correos e céspede uniforme, pero vivín peor. Vivín na rúa. — Botou unha nova ollada xeneral e sorriu abraiada.

Pieris limpou o xusto o interior do seu novo fogar. O seu interese agardábaa no exterior. Saíu sen tardanza e deambulou ao redor da casa observando con detemento o terreo. Estudaba a orientación, a vexetación próxima, a terra e, a auga? Comprobou o estado do pozo, a bomba manual estaba obstruída. Iso levouna á parte traseira na procura de ferramentas.

Alí, apoiada nun enorme xerador, estaba a motocicleta, unha Guzzi Hispania do 49, unha xoia para calquera coleccionista. O chasis atopábase en bo estado pero as rodas, estreitas como as dunha bicicleta, estaban desinchadas. Outra ferramenta que buscar... E buscando atopou o rifle. No cargador deste estaba gravado Cetmer A2b. Pouco sabía Pieris de armas pero, baseándose nas súas formas redondeadas, deduciu que se trataba doutra peza de museo. Posou con el na man e dixo:

— Eu tiña unha granxa en África...

Riu ata fartar, deixou o rifle onde o atopara e continuou á procura de ferramentas.

Correu o día coa axuda das nubes e os quefaceres, e a tardiña, a motocicleta estaba a punto, a bomba de auga do pozo liberada e a auga, lonxe de ser transparente, era potable. Baixo a bomba de auga Pieris había arado unha canle de rego que rodeaba unha parcela de terra revolta da que sobresaían, fincadas a conciencia, estacas atadas polo extremo superior formando así pirámides, aproximadamente unha vintena de pirámides. O soño infantil de Pieris empezaba a tomar forma. A diferenza do seu bandullo...

— De sabelo, compraría algo para cear no mercado.

Díxose e anotou a palabra comida ao final dunha lista onde tamén se lía: tea para mosquitos, pitas, cabra ou calquera outro animal herbívoro, combustible para o xerador, leña, sabas, xabón...

Pieris bocexou.

— Aínda bo é que estou cansa. Axudarame a aguantar a fame ata mañá.

Liberou a cama de bechos e botouse a durmir. Durmiu, durmiu durante horas, horas nocturnas africanas, horas nocturnas occidentais. Tempo suficiente para encadrar o corpo á nova franxa horaria. Máis de vinte catro horas!

Pieris agradeceu o asfalto, a Guzzi Hispania do 49 non estaba feita para camiños de terra, e o seu equilibrio tampouco. Asemellaba á protagonista trosma dunha serie de anime. Máis agradeceu chegar ao seu destino. Unha rúa en lamentable estado, pero chea de vida. Os rapaces xogaban ao fútbol cun balón feito de remendos pneumáticos e os anciáns amontoábanse nas beirarrúas á sombra de baixos edificios. Estes falaban atropelándose mutuamente, era unha conversa acalorada na cal repetían constantemente a palabra "coltán", unha e outra e outra vez.

Pieris baixou da motocicleta. Entón os anciáns pecharon a boca e riron polos ollos. Ela camiñaba como se o seu oso do cu inflárase e, por se iso non fose dabondo ridículo, tentou comunicarse con eles:

— A ver... Como se di dirección...? — Colleu o dicionario e buscou nel — *Mwelekeo...* — Houbo silencio. Ensinoulles o papel no cal o militar anotáralle a dirección de encontro e insistiu — *Mtu... Kijeshi...*

O silencio alimentouse da situación ata case vencer a vontade de Pieris. Mais, por sorte para ela, o destino interveu. Unha rapariga mestiza saíu do edificio máis próximo, sentou no colo dunha anciá de ollos tan bretemosos coma a súa postura e, dirixíndose a Pieris, dixo:

— *Baba* non está. Marchou onte a noite. — A continuación, preguntou algo á anciá en suahili e ela contestoulle do mesmo xeito — Problemas en Manguredjipa.

— *Baba...* — Pieris buscou no dicionario — O teu pai? — A rapaza asentiu — E Manguredjipa está preto?

— Cando *baba* vai, volve ao día seguinte.

— Agardarei. — Pieris afastouse uns pasos da nena e do grupo de anciáns e prendeu un cigarro. Pero ao apartar o chisqueiro da faciana veu á rapariga diante dela — Si?

— Paréceste á miña *mama*, ela falaba coma ti, vestía coma ti e era da túa cor. — Sinalou á Guzzi Hispania — Esa moto era da miña *mama*. Deucha *baba*?

— Vou vivir na granxa da túa nai y a moto estaba alí.

— Gústame a granxa, podemos ir?

— Agora estamos a agardar ao teu pai. — Pieris

mirou con expresión de reclamo á anciá. Pero, como a visión desta era de dubidosa agudeza, desistiu.

— Es a súa moza? — A rapaza insistía no seu interrogatorio. Pieris negou ca cabeza — E, valo ser? Porque a *baba* non lle gustan as mulleres que fuman. *Mama* fumaba e *baba* enfadábase. *Baba* di que ela morreu por fumar e ti fumas. Queres morrer? Por que? Estás triste? Se me levas á granxa, eu xogarei contigo.

— Es moi pequena para ir en moto.

— *Mama* levábame. — A nena correu cara a anciá e falou con ela no seu idioma. Logo regresou — *Bibi* di que podo ir.

— Pois nada! Se a túa avoa deixa que te vaias cunha descoñecida en moto, non hai máis que falar. — Pieris tirou o cigarro tan resignada como abraiada e subiu á moto. De contado, sentiu un vulto diante dela. A rapaza xa estaba sentada entre as súas pernas — O que hai que ver, mangoneada por unha nena de seis anos...

— Sete. — Corrixiu a rapaza ofendida — E chámome Salma.

A viaxe de volta á granxa serviulle a Pieris como exercicio de equilibrio nivel mestre e iso que a rapaza movíase menos que a compra que fixera esa mesma mañá. A nai ensináralle ben.

A tarde correu, literalmente. A rapaza Salma era tan inqueda como faladora e, a pesar da súa idade, deixou pampa a Pieris en dúas ocasións. A primeira con respecto ás canles de rego sachados facía dous días. Manda carallo co consumo de auga! Gran parte filtrábase na terra antes de alcanzar a plantación de tomateiras. Así non chegaría á seguinte estación de choivas. A segunda foi acerca dos animais domésticos. Pitas e cabras, ovos e leite, abono natural. Unha idea xenial e proveitosa? Mais sen cercado, a súa leira sería historia. Unha rapaza de sete anos dándolle leccións. Que humillación! Aínda así, Pieris tomou nota dos seus consellos.

O sol rozaba o horizonte polo oeste. Os seus raios cenoria parecían querer fusionarse coa contorna. Un esforzo inútil, a areixa rebelde da nocturnidade actuaba de barreira enturbándoos co po pardo. Finalmente, o sol e os seus raios sucumbiron á escuridade da noite. Escuridade que non foi total, pois ás estrelas e ao luar sumáronse dous faros, os faros dun todoterreo albelo.

Soou o pito.

— Salma, *twende nyumbani*! — Chamou berrando o militar á súa filla sen baixar do coche.

— Boas noites. — Dixo Pieris. Xirouse buscando á rapaza, pero esta xa estaba dentro do coche e, como non, falando:

— *Baba*, imos ten animais! Temos que facer unha cerca...

— *Ndio*, Salma. — O militar sacudiulle o cabelo con tenrura e a rapaza respondeu ao xesto cunha aperta. Unha vez libre, colleu un cartafol enrolada do asento do acompañante e entregoulla a Pieris — *Baronesa*, tráiolle a documentación para a compra. Bótelle unha ollada e, se está de acordo, xa sabe onde atoparme.

O todoterreo partiu e a noite arrefriou, non literalmente, soamente era a impresión provocada polo silencio e a tranquilidade tras a marcha de Salma. Pieris estremeceuse.

— É boa nena, — Dirixiuse ao interior da casa — pero esgota.

Salma era inqueda e falangueira, pero así era tamén o

lugar. A noites zoaban, zoaban e, cando non zoaban, picaban e moito. Coma un rapaz, abstraído na súa falcatruada, garda silencio.

— Urxe cambiar las teas para os mosquitos. — Dixo Pieris para si sen deixar de rascarse con compulsión — Collerei a febre amarela se os mosquitos non me secan antes.

So asomábase o albor cando Pieris arrincou la Guzzi Hispania e marchou á cidade. Acompañada dun cigarro, deambulaba de posto en posto polo mercado na busca da tea para os mosquitos máis barata. Pois en África, é un artigo tan valioso para as noites, coma a crema de protección solar para do día.

Inesperadamente, un forte estoupido ao aire substituíu os releos por berros. Transeúntes e vendedores espalláronse buscando refuxio en vivendas, postos ambulantes, vehículos, animais… Pieris entre eles. A rúa baleirouse de tal xeito que se podía ver ao detalle o disturbio, mesmo desde os límites do mercado.

Un home disparaba ao aire cun fusil grande, coma os que saen nos filmes bélicos máis actuais. As súas costas levaba un saco aparentemente pesado, alombábao ao desprazarse. Retrocedía sen despegar a ollada dun militar que o apuntaba coa súa arma, a cal camuflaba, baixo un brillo limpo, a inferioridade con respecto ao seu opoñente.

Nun dicir amén, o home alombado foi acurralado por máis militares. Chimparon sobre el e reducírono. Descubriuse entón o contido do saco, eran pedras negras e opacas, ás que os soldados chamaron: coltán.

— Está ben, *baronesa*? — O militar, pai de Salma, acudiu nada máis ver a Pieris agochada tras un posto ambulante.

— Estaba a buscar tea para os mosquitos. — Ela sacudiuse a man. O medo atrapáraa de tal xeito, que nin conta se dera de que o cigarro, xa feito cabicha, estáballe a queimar os dedos.

O militar dirixiuse cara outro posto ambulante e mercou varios metros de tea para os mosquitos. As accións continuábanse demasiado rápido para os ollos de Pieris, aínda desconcertada.

— Tome, aquí a ten. — O pai de Salma conduciuna ata a Guzzi Hispania — Pode conducir? — Ela asentiu muda — Volva á granxa. Ao serán irei ver como está.

Pieris non había comido, ni tiña intencións de facelo, cando o todoterreo albelo aparcou na granxa. Do vehículo non so baixou o militar. Antes de que o motor do coche deixara de griñir, Salma xa estaba adherida á perna de Pieris.

— *Baba* contoulle a *bibi* o que pasou co señor no mercado. — Salma tirou de Pieris ata que esta non tivo máis remedio que agacharse e recibir unha aperta — Eu oínos e, por iso, pedinlle a *baba* que me trouxera, para coidarche. Dixo que non, pero… Aquí estou!

— Moitas grazas por preocuparche por min. — Contestou Pieris desganada pero cortés — Estou ben.

— *Kwenda kucheza*, Salma. — Díxolle o militar á rapaza e guindou un balón pneumático cara un lateral da casa. A nena foi tras el coma unha cadeliña — Cómo está?
— Pieris encolleuse de ombreiros — Descúlpeme por traerlle á nena. Encariñouse tanto de vostede que se agochou no coche para poder vir. Descubrina a metade de camiño.

— Non pasa nada. — Contestou ela co fociño torto — Así me distrae.

— Agradézocho e a miña *mama* tamén, ultimamente non se atopa nada ben.

Novamente sen despedirse, o militar arrincou o todoterreo e foise.

— Que imos facer hoxe? — A rapaza apareceu ao seu carón — O valado da leira?

Pieris encolleuse de ombreiros. Estaba tan desganada que nin sequera reaccionou ao ver correr a Salma cara o alpendre, non inmediatamente.

— Despois de vivir máis dunha vida, máis dunha morte! Como pode afectarme tanto o do mercado? — Golpeouse a cabeza, coma se pretendese quitarse algo do oído — Bule! Ou Salma causará un desastre no alpendre.

Pieris suspirou aliviada. A rapaza ollaba meditativa o alpendre. Pero dita meditación rompeu en canto viuse acompañada:

— A cabra precisa dun cortello e as pitas dun galiñeiro. Aquí hai sitio, se ordenamos.

— Pois a ordenar.

E a iso puxéronse as dúas.

— A cabra chamarase Shindo — As dotes directivas de Salma rozaban o autoritarismo — e as pitas… Cantas imos ter?

— Dúas. — Contestou Pieris. Non era doado saber se estaba desprecatada polo suceso da mañá, esgotada de recoller ou de escoitar á rapaza — Agarda, como que imos?

— Dúas pitas. — A rapaza meditou un intre — Chamaranse: Zimba e Flora!

— Oes, teu pai virá buscarche, non?

— Gústanche os nomes?

— Gústanme máis que os nenos.

— Pero eu son unha nena. — Salma abrazouse de novo a ela.

— Non me vou librar de ti, non si?

— Sabes? — A rapaza seguía pegada a ela coma un apéndice — A miña *mama* dicía que eu coidaba do seu sorriso. Como ela xa non está, coidarei do teu.

— En resumidas contas, que non. — Pieris non puido resistir a potencia da tenrura da rapaza, fíxose oco na súa faciana e, finalmente, o sorriso escapou.

Acercábase a hora da cea e ambas as dúas estaban a preparar o menú cando o todoterreo detívose diante da granxa. Soou o pito e escoitouse berrar:

— Salma, *twende nyumbani*!

— Chegou o teu pai. — Díxolle Pieris a Salma. Pero ao querer mirala descubriu que ela xa non estaba ao seu carón — Esta nena tele transportase ou que?

Saíu correndo da casa e veuna chorando xunto ao todoterreo. Non facía falla entender suahili para saber o que dicían e, conmovida polo pranto de Salma, interveu.

— Apague o motor e vaia lavarse. A cea está case lista. — Salma, agradecida, adheriuse á súa perna coma un copo — Ademais temos trámites de sobremesa.

A cea transcorreu como calquera cea rutineira con nenos: "Non xogues coa comida", "deixa de falar e come", etc. Mesmo Pieris sorprendeuse ao escoitar da súa propia boca unha frase semellante. Ao chegar a sobremesa, Salma xa deixara de falar e durmía na cama. Entón, Pieris sacou unha botella de vodka, o paquete de cigarros e falaron os maiores.

— Soamente vodka, grazas. — El mirou ao tabaco con desprezo.

— Que pouco tacto! Descúlpeme, si? — Avergoñada, Pieris gardou o paquete de cigarros.

— *Baronesa Blixen...*

— Non é que non me divirta que me chame como Meryl Streep en *Lembranzas de África*, pero chámome Pieris. — Interrompeu ela — Xa vai sendo hora de que nos presentemos formalmente.

— Emeka. — Contestou el e bebeu un grolo — Descúlpeme por faltar onte á cita. As cousas non pintan ben ao norte. Hai conflitos coas guerrillas pola mina de coltán de Manguredjipa. O home que reducimos hoxe no mercado era un deles. Viñámolo observando desde hai unas semanas.

— Crin que as guerrillas congolesas estaban controladas.

— Son de Ruanda. O seu propio goberno subvenciónaas.

— Un goberno corrupto. — Afirmou ela e tamén bebeu un grolo.

—As guerrillas son rendibles. Por armamento e admistía faranse co que queiras. Neste caso, unha mina e escravos para explotala.

— Escravos? Un momento, o das violacións, secuestros e nenos soldados, segue a ocorrer? Como no filme *Diamantes de sangre*?

—Non o vin, pero si. Excepto porque non se trata de diamantes, senón de coltán.

— O coltán é o mineral que se usa para as pantallas dos teléfonos móbiles, tablets e computadoras, non si?

— Non se equivoca. Hoxe en día vale máis que os

diamantes. Demándano países de todo o mundo, sobre todo no mercado negro. — O militar Emeka serviuse outro grolo e serviuna a ela — Non a vía como unha muller que soubese de tecnoloxía.

— O m*eu* esposo traballa no sector da tecnoloxía.

— Tampouco a vía como unha muller casada.

— É que… coñecémonos hai tres días. Ademais, iso foi noutra vida.

— Outra vida, enténdoa *baronesa*. Eu tamén estiven casado.

— Non ten intención de chamarme polo meu nome, verdade?

Ambos os dous sorriron un intre, soamente un intre, pois Pieris apurou a coller os documentos de propiedade da granxa. Emeka púxose serio.

— Conteille o que ocorre en Manguredjipa por se quere reformularse a compra.

Salma musitou en soños e Pieris achegouse a arroupala.

— Moitas grazas por coidar dela. — Engadiu el.

— É unha nena moi listiña, axudoume na leira. Máis ben deixou a miña presunción en evidencia.

— Adoita facelo.

Ambos volveron rir. Emeka colleu a botella de vodka con intención de servir unha nova rolda, pero detívose. Como se algo o sorprendese. Devolveu a botella á mesa e concluíu:

— Será mellor que nos vaiamos.

— Si, será o mellor. — Pieris deixou o vaso de Emelka na pía e engadiu cun sorriso — Preciso a miña cama.

— Toda súa. — Emelka colleu á súa filla en brazos e

dirixiuse ao soportal da entrada — Pasadomañá pasareime para saber o que decidiu respecto á granxa, se lle parece ben.

— Paréceme ben.

Xa a soas, Pieris sentou na mesa e serviu un novo vaso de vodka. Murmuraba en voz baixa, confusa e co cello engurrado.

— Que ocorre en África? Como é posible que, en tan so catro días, cambie tanto a miña perspectiva? Por primeira vez temín pola miña vida. — Bebeu o vodka dun grolo — E iso faime pensar. Se aquí temo pola miña vida, debería irme? Pero no lugar do que proveño tampouco me sentía a salvo. Por deus Pieris, suicidácheste dúas veces! Case tres… — Serviuse de novo — Non sei. Máis ben si. Sei que me fodería ter que marchar. Gústame Bukavu. Confío na xente e é evidente que é recíproco. Hanme encasquetado una nena de sete anos dúas tardes! Tanta familiaridade atafégame… E contáxianma. Por que os convidei a cear? Esta cortesía non é propia de min. — Baleirou o vaso — E ese home, Emelka, penca de honrado. Por que arriscarse a perder a venda? Aínda que despois do acontecido no mercado... — Balanceou a cabeza levemente — Puido xustificalo como un incidente illado. Iso é o que dirían os informativos se ocorrese en Létum. — Mirou o nivel de alcol na botella — Sen dúbida a humanidade atópase nos países máis desfavorecidos. — Bocexou e púxose en pé — Mellor será que vaia durmir. Xa pensarei mañá que facer con esta vida.

Ameceu despexado e tépedo. Un día tan limpo, que o ceo víase branco ao leste e azafata ao oeste; e tan tépedo, que as sabas estaban engurradas aos pés da cama. O quinto día en Bukavu, pronto para ver os brotes das tomateiras sementadas na leira, pero suficiente para que Pieris soubese que algo preparara aquel lugar para sorprendela. Como cada día.

Mais, como as sorpresas auténticas non son predicibles, mentres non se manifestaba, ela centraríase en tomar unha decisión, terminar algunha das tarefas do exterior e limpar a casa. Ao día seguinte tería unha visita crucial: Mercar ou rexeitar a oferta? Vivir temendo pola súa vida ou temendo non temer por ela? E falando de temer... Chegou a sorpresa.

Achábase Pieris comendo unha mazá diante do cercado da leira. Case o acabara e ollábao satisfeita. Cando de súpeto, este cedeu. Alzou a vista e cruzouna coa dun animal negro e branco. Este berrou e ela imitouno. Histérica, correu a pecharse na casa.

— Unha mofeta! Unha mofeta! Unha mofeta... — Uliuse. Soportou o seu cheiro — Menos mal. — Asomouse pola fiestra, o animal continuaba sobre a cerca berrando e sacudíndoa salvaxemente — Vaino tirar abaixo!

Sen pensar, nin soltar a froita, Pieris saíu a defender o seu cercado. Sacudiu os brazos para escorrentalo e o animal pareceu rirse dela. Entón ela fixouse ben. Non era unha mofeta, senón un estraño mono narizudo coa cara branca, excepto nas faccións e na testa. Estas eran negras, igual que case todo o seu corpo. Dos seus ombreiros caía unha pelame longa e branca, coma una elegante capa, e a súa cola, tamén branca, era cabeluda como penacho. Un mono con guecho, capa e penacho por cola? Agora era Pieris quen ría.

Como resposta á burla, o animal saltou sobre ela despregando as súas extremidades como un esquío voador.

Berrou de novo, arrincoulle a mazá da man e, coma se tal cousa, volveu á espesura selvática.

— Vale, non volverei a saír con comida fora de casa. — Pieris ergueuse, sacudiu a terra e riu de novo — Vaia becho... Se Deus existe, gustaríame saber que estaba a pensar cando o creou.

E esa foi a sorpresa que África tíñalle reservada para ese día. Non houbo máis, tampouco fixo falla. Pois esta sorpresa veu con agasallo. A decisión. Pieris asinou os papeis da compra e dedicou o resto do día a rir da anécdota e a limpar a casa para la visita de Emelka. Agora si que lle compracía recibilo, aínda que viñera acompañado pola súa filla.

Mais a sorpresa do día seguinte, do día seguinte e o seguinte foi que non houbo visita. Pasou unha semana de días despexados e tépedos, cada vez máis tépedos, máis despexados era imposible. Os cheiros cambiaron, todos excepto aquel que avivaba o instinto explorador, o cheiro a animal. O perfume de Bukavu agora estaba composto por animais, terra gretada e vexetación seca.

Durante ese tempo Pieris centrouse nas tarefas necesarias para poñer a punto a granxa e, cando o cercado da leira estivo listo (demostrada quedara a súa resistencia), a canalización do rego foi digna dun profesional e o cortello para a cabra e o galiñeiro no alpendre tamén estiveron rematados, aseouse. Soamente había unha cousa por facer, mercar os animais.

— Podería traer as pitas, pero la cabra... — A muller improvisara unha baca cun par de caixas de froita e corda na parte traseira da Guzzi Hispania — Non teño alternativa, terei que pedir axuda.

Viaxou á vila, á dirección facilitada por Emelka. A

mesma rúa que visitou no seu terceiro día en Bukavu. Coñecíaa xa, habíalle dado tempo a memorizala e, en cambio, a ausencia dun detalle fíxo que lle parecese outra. Non polos rapaces que xogaban ao fútbol co balón pneumático, eles seguían alí, senón por un oco entre o grupo de anciáns afinados nas beirarrúa, á sombra dos edificios baixos. O oco que ocupaba a anciá de vista nubrada, *bibi,* a avoa de Salma.

Entrou no mesmo edificio do que a rapaza saíra o día no que a coñeceu e chamou instintivamente á única porta entreaberta. Ninguén asomou e fíxoo ela. Emelka estaba sentado nun sofá roído, os seus ollos eran máis negros que de costume. A súa expresión seca e o feito de que non estivese vestido de uniforme, fíxoa dubidar acerca daquela confianza que procesaban todos os africanos que coñecera ata o momento.

—*Bibi* foise con *mama.* — Salma apareceu diante de-la, o seu aceno era unha mestura entre tristeza e aburrimento — Estaba muo maliña.

— A túa nai seguro que coida ben dela. — Pieris co-lleuna da man e mirou cara o sofá — Tiña pensado ir mer-car a Flora e Zimba, pero non entendo nin papa de pitas.

— Eu pódoche axudar. — Á rapaza cambioulle a expresión — E Shindo?

— A cabra outro día, non a podemos levar na moto.

— Levade o meu coche. — Emelka sinalou as chaves, estaban sobre unha mesa de recibidor — Despois do funeral pásome a buscar a Salma coa motocicleta.

Pieris pasou a tarde perseguindo a Salma polo mercado e, máis adiante, tras Salma, a cabra e as dúas pitas pola granxa. Ao chegar a hora de cear, estaba esgotada. Pero a ilusión por formalizar a compra da granxa deulle a suficiente enerxía como para preparar un menú acorde á ocasión.

Durante o tempo que durou a cea, volvéronse a pronunciar as clásicas frases familiares e, ao chegar a sobremesa, cando a rapaza durmiuse, Pieris sacou, soamente, a botella de vodka para convidar ao seu convidado.

— Por como o describes, era un colobo. É típico da zona, vive nas árbores. — Emelka bebeu un grolo curto — Correu perigo, por este tipo de incidentes díxenlle que tivera o rifle a man.

— Aínda que o tivera a man, non o usaría. Soamente quería a miña mazá.

— Tivo sorte de que soamente lle atacara un. — Salma musitou e Emelka sinalou coa cabeza a cama onde durmía — Grazas outra vez por coidar dela.

— Non me de as grazas. — Pieris devolveulle as chaves do todoterreo — Agora teño unha cabra. Xa poderei tomar leite polas mañás.

— Non me diga, *baronesa*, que tamén sabe muxir unha cabra.

— Vino facer, — Pieris baixou o ton de voz — pola tele.

— Sabe que sen un macho que a preñe, a cabra deixará de dar leite? — El contivo a risa no vaso ao ver que a información habíaa atragoado — Tamén viu pola tele como coidar das pitas?

— Non, iso non. — Dixo en canto recuperouse — Pero con deixalas comer grans e pedras do chan van tirando. Eran dinosauros.

— Dinosauros di? — Emelka non se contivo máis e riu a esgalla — Con razón hanse extinto. — Acábouse o vodka do seu vaso — Espero que soamente o diga por animarme, senón vaino pasar mal e os animais tamén.

— Pois póñalle remedio e ensíneme. A cambio eu botareille unha man con Salma. Agora necesítaa. — Pieris atragoouse de novo, que acababa de dicir? Bebeu e o grolo a convenceu — Acábome de dar conta de que me estou facendo a tela aquí. No sei. Quizais me cativou, ou me estea custando afacerme á tranquilidade do campo. É posible que ambas. — Encheu ambos vasos — De onde veño todo son présas.

— Estraña o seu fogar?

— Para nada. Létum non era un fogar. En cambio aquí, míreme ata teño unha nena!

Ambos abriron esaxeradamente os ollos. Pieris non soubo que dicir para emendar as súas palabras e Emelka non axudou, soamente apertou os morros pensativo. O silencio alongouse ata que el mesmo se púxose nervioso e incómodo. Finalmente, Emelka relaxou os beizos e cortouno tallante.

— Debemos irnos, mañá teño que traballar.

— Queden. Compartirei a cama con Salma, vostede pode durmir no sofá. — Sen esperar unha resposta, Pieris ofreceulle una saba — E antes de que diga nada, lémbrolle que a granxa continúa sendo súa. Aínda non asinou.

— A pesar do que lle contei durante a cea o outro día, decidiu mercala?

— Si, o mono convenceume.

— O colobo? O seu raciocinio funciona dun modo estraño, *baronesa.* — Emelka asinou os documentos da compra — Agora, se o desexa, pódenos botar da súa granxa.

— Que descanse. — Contestou ela sinalando o sofá.

Os grilos cantaron esa noite unha melodía hipnótica, cuxo compás compasaban cos seus saltos de cortexo. Tamén houbo saltos semellantes no interior da casa. A lúa brillou esa noite coma un astro, tan espectacular que na leira as sementes de tomateira abriron e un talo crebou a terra e asexou para velo.

Xerminou así o soño infantil de Pieris e continuou crecendo día a día. Subían las tomateiras, subía o número de tardes en compaña de Salma e o tempo que Emelka se atrasaba en concluír as visitas. Subía o equilibrio de Pieris na Guzzi Hispania e os seus coñecementos acerca dos animais da granxa. Pero tamén subía a supremacía guerrilleira e, con iso, a delincuencia.

— Hoxe na escola non fixemos nada. — Salma apenas probaba bocado da cea — A Nai Adalia marcha ao seu país.

— A Nai Adalia é misioneira, — Aclarou Emelka — branca coma ti...

— Salma, podes ir ver se as pitas puxeron. Colle a lanterna. — Interrompeu Pieris. A rapaza obedeceu e, cando se acharon sos, acendeu un cigarro e continuou con desagrado — Sei a onde queres chegar. E sigo nos meus trece, quedo. Polo menos ata que madure o primeiro tomate.

—Sabes o que lles fan as guerrillas ás mulleres? Por amor de deus! Queres ser violada?

— En todas partes hai malas persoas, polo menos aquí van de fronte. Véxoos vir. Non insistas máis.

Pero Emelka insistiu. Insistía cada día que se atopaban e as insistencias remataban en rifa. Así día tras día, así chegou a época de floración e as tomateiras esforzáronse en demostralo.

Numerosas e diminutas flores amarelas naceron agrupadas nos extremos de fortes talos. Pero, cada día, máis da metade delas caían. Para remedialo, Pieris subiu á motocicleta e, como se o tempo correse na súa contra, forzouna ata chegar ao mercado, ou máis ben ao que quedaba del. Apenas había postos ambulantes, apenas transeúntes. Compensaba esa ausencia a garda militar. Os homes uniformados multiplicáronse e roldaban cas armas desenfundadas. Seguía estando en Bukavu?

Pieris avanzou de posto en posto a grandes pasos, como os saltóns excitados da súa granxa, ata que atopou aquilo que buscaba nun dos postos de froita.

— *Ndizi.* — Leu no seu dicionario e levantou sete dedos.

O vendedor atendeu a comanda. Mentres agardaba, Pieris observou con mágoa o baleiro mercado. Con que velocidade pódese corromper un lugar!

De súpeto, a súa mirada topouse cuns ollos de cor sangue apoiados sobre los beizos dun enchoupado sorriso. A súa expresión estremecía, asemellaba un famento animal, cuxa boca faise auga polo manxar que acaba de atopar. Pieris quedou inmóbil.

— Es unha temeraria, *baronesa.* — Emelka apareceu ao seu carón e rematou de asustala — Que fas aquí?

— Mercar plátanos. — Ela sinalou o acio de plátanos que o vendedor empaquetaba.

— Onde aparcaches a motocicleta? — Emelka recolleu o paquete por ela, pagou ao vendedor e púxose en marcha cara a dirección que ela lle indicou. Ela seguíao, correndo para manterse ao seu carón — A situación empeorou. A guerrilla fíxose co porto. Agora controlan a lagoa de aquí a Goma.

— Para transportar o coltán a Ruanda? — El asentiu — Goma é o porto máis próximo a Manguredjipa. Pero, por que lles interesa o porto de Bukavu?

— Por seguridade e por negocio. Así controlan o que entra e sae. O mercado converteuse no seu centro loxístico.

— De extorsión quererás dicir.

— E ti es un obxectivo interesante. — Chegaron ao lugar onde estaba aparcada la Guzzi Hispania e Emelka deixou o paquete de plátanos na caixa de froita que servía de baca — Volve á granxa e tenta que ninguén máis che vexa.

Pieris obedeceu e, antes de coller o desvío á granxa, asegurouse de que ninguén a seguía. Como Emelka dixéralle.

Ao chegar, como si nada pasase, como se ninguén lle informase da situación, pelou os plátanos e fixo un té coas mondas.

— Esta noite potasio para as miñas nais. Así evitarei que caia unha flor máis. — Mirou desesperada ao preparado — Por favor...

O té funcionou, en poucos días as flores transformáronse en verdes tomatiños e estes, co transcurso da estación, encarnaron e engordaron. Á par da corrupción no país. Pouco podía, ou lle conviña, intervir ao goberno congolés.

Pero para os habitantes, a situación era cada vez máis insostible. O alimento comezou a escasear e cebouse o prezo. Pieris ía tirando con leite de cabra e ovos; de auga e ovos cando la cabra deixou de dar leite e de auga e xaxúns os días que as pitas acordaban non poñer. Emelka visitábaa acotío e insistía en falar sobre o mesmo asunto, discutían e ela rematábao cada día coa mesma frase.

— Non marcho de Bukavu ata que o primeiro tomate madure.

Así ata que, certo día, as palabras de Emelka foron outras.

— En dúas semanas marchamos ao leste, a Kinshasa coa miña irmá. E ti deberías marchar tamén.

— Non marcho ata que o primeiro tomate madure.

— Esquece os tomates! Ven connosco se non queres regresar a Létum. En Kinshasa tamén hai granxas.

— Non marcho ata que o primeiro tomate madure.

— Esta obsesión polos tomates hache trastornado. — Furioso, Emelka tirou o cercado da leira a patadas e dispúxose a continuar coas tomateiras, pero Pieris entremeteuse — É que non ves que estaste a xogar a vida?!

— Levo vidas xogándoma e esta non hei de perder antes de que o primeiro tomate madure!

— De acordo, Pieris. Morre polo teu soño. Despídete de Salma, non volveremos vernos.

Transcorrida unha semana, o ceo nubrouse. Gris que degradaba ao branco ou viceversa, ao gusto de cada un. A humidade fíxose tan evidente que lavou o cheiro a animal, cubriu a terra e hidratou a vexetación. Soamente un dos ingredientes aromáticos de África resistía, a pólvora. Esta estaba moi presente, mesmo no terreo da granxa. Pieris xa non ousaba saír da casa sen o rifle de formas redondeadas. No medio desta desagradable rutina, madurou o primeiro tomate. Mais esta desagradable rutina fixo que pasase inadvertido. A preocupación e a fame consumía a Pieris. As pitas levaban días sen poñer.

Esperando atoparse e á vez non atoparse con Emelka, Pieris detivo a Guzzi Hispania diante dun dos escasos postos ambulantes sobreviventes do mercado. Desértico de mercadorías, de clientela, de esperanza… Agora ata topar cun militar era practicamente imposible. Pieris convenceuse, non ía ser descuberta por Emelka. Polo tanto, estaba a salvo da súa máis que posible rifa. Pero iso, era boa sinal?

Un calafrío percorreu a súa caluga e a fame fuxiu dela. Instintivamente mirou á súa dereita, a fame non estaba alí. Mais a razón da súa reacción instintiva si. Sentiu medo, medo que tentou camuflar baixo o disfrace da temperanza. Pero non lle bastou. Nin a mirada, nin os xestos, nin os bos modais do vendedor parecíanlle xa os habituais. Actuou esquiva, rozando coa punta dos dedos o rifle que levaba na baca feita con caixas de froita. Sen baixarse da motocicleta, nin quitar o contacto, mercou fariña de iuca e púxose en marcha de regreso á granxa o máis rápido que puido. Sen deterse, sen vixiar a súa retagarda.

Xa na granxa, Pieris suspirou aliviada. Avanzaba cara á casa concentrando a súa atención en abrir o paquete de fariña e, unha vez aberto, levou un chisco á boca. A fame regresara.

— Prepararei unhas papas agora mesmo. — Díxose. Mais ao alcanzar o soportal da entrada, antes de abrir a porta, detívose — Recende a tomateira máis do habitual.

Pieris deixou caer o paquete de fariña e correu cara a leira. As tomateiras sacudíronse e, desa sacudida, saíu un colobo que correu cara ela ameazante. Ela non se amedrentou e encaróuselle. O animal entón berrou e, con esaxerada violencia, destruíu as tomateiras, todas! Pouco puido facer Pieris para detelo. Era demasiado veloz.

Ao cabo de poucos segundos, un vago son alertou ao

colobo e fuxiu, sen dubidar, cara a espesura selvática ata fusionarse con ela.

Ignorando o vago son, Pieris achegouse ás maltreitas tomateiras. Estaba furiosa, estaba doída, pero aínda así, tentou reparar o desastre. Mais era imposible. Prostrouse ante a súa cuarta derrota, afundíase novamente no seu labirinto de seda. Esta era sen dúbida a maior das trampas. Ou quizás non?

Abriuse un claro entre as nubes e, a través del, cruzou un raio de luz que reflectiu no primeiro tomate maduro. Pieris ao fin reparara nel e reaccionou con pranto. Acariñou a súa pel carmesí, colleuno e uliuno de preto. As súas bágoas lavárono, os seus beizos secárono a bicos. Era perfecto, estaba perfecto! E sen mazaduras!

Quebrouse o xúbilo. O vago son deixou de ser vago e definiuse. Era o son dun motor que se achegaba á granxa, acompañábano voces que fallaban en idiomas mesturados. Suahili? Francés? Inglés? Era obvio que non se trataba de Emelka e iso espertou do seu soño cumprido a Pieris e levouna polo aire ata a Guzzi Hispania do 49. Colleu da baca o rifle e apuntou cara o son.

O son materializouse. Dun vehículo todoterreo pálido baixaron catro homes, un deles, de mirada ensanguentada e enchoupado sorriso, resultoulle familiar a Pieris. As expresións de famentos animais diante dun suculento manxar dos outros homes eran tan esaxeradas, que se vían obrigadas a apoiarse nos modernos fusís que levaban. Pouco podía facer ela co seu Cetmer A2b, sabíao, era evidente! Así que sentou no chan e comeu o tomate. Gozouno, dedicoulle o tempo que merecía. Á vez observaba aos homes con mirada desafiante, eles a ela con desconcerto. Desconcerto que foi a máis cando Pieris acabou o tomate, chupou o mollo dos dedos, e apoiou o canón do rifle no seu queixo. Pieris apertou o gatillo.

O catro homes derretéronse ata converterse en plumas da selva que cercaba a chaira da granxa, e esta sacudiuse transformando o resto da vexetación en máis plumas. Era un á! Un á que se despregou ao unísono co outro extremo da selva, a cal tampouco era xa selva. Máis aló non había nada e, á vez, continuaba sendo a granxa nos arredores de Bukavu, incluídas as tomateiras maltreitas, a casa duna planta con soportal dianteiro, tellado a dúas augas e pintura estragada. Tamén os cheiros incitantes á temperanza, ao instinto explorador e á aventura permanecían. Nada había de lóxica, era coma nun soño.

A ás uníronse polos seus omoplatas e, dese punto de unión, xurdiu unha silueta que non remataba de definirse. Un baleiro bretemoso e luminoso. Soou un miar longo e o cheiro a tomateira se intensificouse. A silueta alífera minguou segundo descendía para tomar terra e, diante de Pieris, que xacía co cranio aberto, bisbou:

— Pieris Brassi Cae, entrégaste voluntariamente a min por terceira vez. — Houbo unha pausa e o asubío tornou en berro agudo que Pieris resistiu impasible. Entón o ser volveu bisbar — Non temes. — Un xordo e tenro ron ron saíu do baleiro bretemoso — Dime pois, ¿cambiarías algo?

— Non — Contestou Pieris.

O baleiro bretemoso e luminoso inclinouse sobre ela e, cando as ás daquel ser despregáronse coma maleza axitada polo vento, soamente iso quedou, a maleza axitada por un vento. Vento perfumado pola temperanza, o instinto aventureiro e explorador e, por suposto, un forte recendo a tomateira.

www.ingramcontent.com/pod-product-compliance
Lightning Source LLC
LaVergne TN
LVHW092031190726
843493LV00002B/645